黄昏的船

陈文伟　著

中国民族文化出版社

北　京

图书在版编目（ＣＩＰ）数据

黄昏的船 / 陈文伟著 . -- 北京 : 中国民族文化出
版社有限公司 , 2023.12（2025. 6 重印）
ISBN 978-7-5122-1846-8

Ⅰ . ①黄…　Ⅱ . ①陈…　Ⅲ . ①诗集 – 中国 – 当代
Ⅳ . ① I227

中国国家版本馆 CIP 数据核字 (2023) 第 256706 号

黄昏的船
HUANGHUNDECHUAN

作　　者	陈文伟	
责任编辑	张　宇	
责任校对	杨　仙	
出 版 者	中国民族文化出版社　地址：北京市东城区和平里北街 14 号	
	邮编：100013　联系电话：010-84250639　64211754（传真）	
印　　装	三河市同力彩印有限公司	
开　　本	787 mm × 1092 mm　1/16	
印　　张	10.25	
字　　数	120 千	
版　　次	2024 年 5 月第 1 版	
印　　次	2025 年 6 月第 2 次印刷	
标准书号	ISBN 978-7-5122-1846-8	
定　　价	68.00 元	

在赤朱丹彤里，放下浮华，只萃取一润红

余昌凤

十年前，我和陈文伟老师在白天鹅诗群因诗结缘。2017年白天鹅诗刊在江苏常州成立"白天鹅诗刊常州创作基地"，我和陈文伟老师同时收到了胡世远主编的邀请。通过进一步的接触，感受陈老师为人低调质朴的一面，正如他的作品写实风格醇厚，形成了他独有的特色。

在后来的花雨诗苑诗歌交流学习中，我也随大家称呼陈老师为阿伟，这样显得更亲切一些。阿伟是退伍军人，曾在《解放军报》发表过一些诗，复员返乡后，因为工作和生活上的一些原因，休笔了十来年。后来孩子上大学后，他又重新拾起诗歌。他的诗作清朗灵动，妙语天成，常常带给大家很多的思考和惊喜。从2021年下半年开始，我们共同创办了《花雨文学》和《鄂州文学》杂志，得到了全国各地诗友的喜爱和好评。

阿伟是一位耐得住寂寞的诗人，工作家事之余创作了大量的诗歌作品。他对文本的整理结构，控制力特别强，语言表现娴熟老到，张弛有度。2022年底，阿伟的诗作《匠心》被《诗歌月刊》选中，这是他多年来辛苦创作的成果，让我想起了"什么样的诗歌才有生命力"这样一句话。正如

阿伟所说："写诗要打开视角，要以敏锐的眼光看世界，还要有丰富的想象力和感悟力。"诗歌有实有虚，处理二者关系，还得互相渗透和互相转换。

让我们静下心来，一起阅读阿伟的诗歌，从中领悟诗歌的魅力所在。

余昌凤，笔名花瓣雨。《中国女子诗刊》和《鄂州文学》主编。作品见于《诗歌月刊》《诗潮》《绿风》《北京文学》《时代文学》《山东文学》等，主编诗歌合集《花雨诗苑》。

目 录

第二辑　时间是流水的红颜

第一辑　月光，白过霜花

早米粿

几刀下去，呈现出多个弯月
多个几何图形的青石
在刀板上
仰望着尘世

食油，开始歌唱温暖
由生姜大蒜和煎蛋组成的队伍
先抵到温泉
浪花开的时候，芳香漫过秋天——

童年在故乡，每年早稻收成
哥哥都会挑上一担，自己去碾米
在七月半这天，一家人
都能吃上当年的新米饭

当我和早米粿亲吻时
想起了我的父亲、母亲
记得
它是父亲的最爱
我只吃了一碗，另一碗
留给远去的父亲

窗外的雨

那天，窗外下起了大雨
妻子忙着收衣服
鸟儿从窗前匆匆飞过
偶尔
有几只又折了回去

阳台上的海棠红红的，仿佛
红过辣椒的一生
时日缓慢，雨水越来越大
遮阳棚成了瀑布

突然间，想起了山村
清泉与溪流
如果是晴天
站在窗口
便能看见故乡上空的云

雪，落在了我的梦里

小寒刚过，日子
走成白色

闪着耀眼的白，绝美而舞
落在我的梦里

放学后的孩子
就像我小时候，赤裸的小手
开着红色的花

冬 至

几声鸟鸣拉开的天空
阳光，有回暖的迹象

目送季节走向尽头
却不见伊人来，唯有霜花
迈过田野，白过月光

奔走在四季轮回的路上
只见一只画眉欲啄开腊梅
——开在时光的陌上

赏春去

带着节奏的春天，轻盈而欢快
春风的吹拂，雨水的滋润
结束了寒冬的萧条和刻板

天空紧贴群山，像母亲抚慰孩子
枝头争相探出的那一抹抹新绿
疼痛而喜悦着
一滴滴水珠，在晨曦下闪着光
如水晶，时刻保持重量
即便落下，也带着使命

枝丫上的新绿，奏响了生命的序曲
被润泽过的土地
等待更多的斑斓起舞
伴随着轻风、阳光和鸟鸣
孕育尘世间一片繁华

鸟鸣里，涌动着春的消息

小年。浓浓的年味
在城市的大街小巷里蔓延开来
此刻的太阳，却玩起捉迷藏的游戏
我在江滨上行走
一边散步，一边观瓯江
一阵阵鸟鸣从高空落下
在江面泛起，在一排排柳树间
荡起涟漪，冬天不虚度

在阵阵鸟鸣里，腊梅
望春花，交出红色的内心
此刻，暖日里下起绵绵细雨
江水缓缓，水草轻拂
——总有一条江河
在你血管中奔流

又是一年新诗意

雾一早就散开了
我非常惬意地在江边散步
此刻，手机滴滴地提示
祝福语如雪花般飞来
如此幸福的一天

昨日的晴，渐渐转阴
让彼此相安
让彼此接受嘘寒问暖
让祝福声溢满新年

天空多明媚啊。云朵也流浪去了
这世上没有太多值得我羡慕的
——唯有健康的体魄
曾遭受的苦难，我都会忘记

当转过身来，我看见
绿树挂满了红灯笼
远处偶尔传来几声鞭炮声
浓郁的年味，正悄悄蔓延开来……

匠　心

几十年前
你摁住了年少轻狂
在一沱沱泥里，以日的青丝
夜的白发

废寝，忘食地打胚
细磨，雕刻，上釉——
在五颜六色里，放下浮华
只瘁炼一缕青魂
于云淡风轻
溶入水心秋月的窑火

当所有凝神屏息
小心翼翼，把窑门打开
一抹浑然天成的青色
青如玉，明如镜，声如磬
随一声轻叹
在清亮的眸子间传唱

雪落无声

云朵扣住苍穹的夜

气温一降再降，江南

迎来了第一场雪

一夜之间白了庭院、旷野、山川

通透的白，白得入骨入心

这柔软的爱，来得悄无声息

捧着洁白的雪花

呼出我骨子里克制已久的期盼

像少年一样欣喜若狂

踏雪花，打雪仗，堆雪人

美妙得令人心荡

落雪羽绒般轻盈，飘飞

到倾泻而下，要积蓄多少能量

才能铺满人间

一场雪，就是一个江南

一个雪人，就是我的梦中情人

等待春的邂逅

烙　印

此般沉寂的夜，明月之美
夜之深邃——
只有几十户人家的小山村
几座石桥、廊桥
承载起乡亲的往返
和通向外面的世界

而村口风中摇曳的古树
从晨到昏，诉说着村庄久远的历史
那便是我的老家龙南东坑村

记得小时候的春天
田野是满眼的翠绿，鸟儿欢歌
河流中的石斑鱼脚下穿过
故事书、萤火虫，还有一群陪我
和我一起读书砍柴和放牛的小伙伴

离开故乡已三十余载
本以为再找不到感动
可岁月路上——
此刻，每一粒尘埃都成了我的念想

端 午

端午
龙舟在江面飞速滑翔
哗哗的水声，仿佛传来了
汨罗江的涛声

悠悠往事，越千年
但一种情怀、一种信仰和一份牵念
如同艾草菖蒲，插上门楣

年年龙舟竞渡，竞渡不回你
抱石下沉的灵魂
川流不息的江水，也冲不走你
怀恨而去的忧伤

我把思念，寄予撕开粽叶的手
——沿着叶脉的方向
抚摸千年的黯伤

红　叶

落花逐流水，回眸
已深秋
江边，风轻雾淡，鹭鸟翔飞
枫叶红遍了两岸

岁月秀出风情万种
时间，写在树干的年轮上
大雁牵着白云
相思蜿蜒

将心事泼墨
我与山水，达成默契
叶是思念的筹码，宽阔的原野
风吹过

明日阳光

云雾紧缠的日子，把初冬包裹得严实
穿过云层的雨，下着寒冷
要让季节变成天寒地冻

越过城市的街区
溪旁那头老黄牛
轻轻地抖落身上的草屑
那甩不去的水滴，冒着寒气
提着菜篮的老人
脸上写满岁月的沧桑

傍晚，窗外越发寒冷
我相信明日的朝阳，定会喷薄而出
把冬日一切空虚，盈满

在大沙看雾山

大沙岭背后有大量的云雾在移动
从上向下覆盖山体
复刻出青藏高原雪域的特性
冰山一样的肤色

那么多的晨雾挤压山峦
我还是第一次近距离仰望
缥缈，流淌，形成巨大瀑布
白雾越堆越多，越积越厚
企图把整座山隐藏

雾线以下，吐着青翠嫩绿
一条通往山顶的路旁，油桐花开成白雪
风过传情
送来了栀子花般的清香
和一地的柔情

这静寂的时光里，忽然听到
崇仁寺的钟声响了一声
又一声

冬天的凤阳山

灰色的冬天
雾蒙蒙的凤阳山
我望见一只麋鹿在溪边
安静地吃草

我还瞥见一片羽毛
在蛛网和晨露包裹中挣扎
路旁小草枯萎，野菊略带忧伤
松针拗不过寒流，偶尔落下几滴清泪
多像我经不住岁月摧残
——憔悴的模样

寒气流从高空流淌而下
天空每一朵流云，都想化为雨
而我却渴望阳光眷顾
山下
一缕缕炊烟被拉长

夜幕下的冬雷

乌云密布在眉头，遮住了
夜幕下的最后一丝亮光
眼睛一旦与黑夜相遇
再难以闭上

城市沉默，万物寂静
一阵大雨疯狂扫过，紧接着
一声冬雷炸裂天空
穿透幕色的闪电，像一把把耀眼的长刀
从天空劈向大地

响声，此起彼伏
碾压过头顶，也碾过我的胸膛
有种莫名撕裂的疼痛
这种震撼的力量，它能击碎
人间大地所有的欲念——

霜　花

下沉喘气的湖水，是秋浮肿的呈现
露出水面枝头的白花，仿佛
在母亲头上开过多次

炊烟凉薄，矮了又矮
瓦砾上的洁白，我不止一次称赞
而山峰上的白，白过
空中的飘移

此刻，我看到树叶草尖上的
清凛与寒美，在朝阳下闪烁
并听见它们连续发言

你把金色年华，献给了绿色的军营

那年，开满金色花朵的十月
为了响应祖国号召
你放弃学业，主动报名
接受祖国的召唤

面对绵延的山脉
或望不到尽头的海岸线
不管山风海啸，还是烈日、暴雨、飞雪
没有畏惧
有的是不怕猛虎的气势

一身的橄榄绿，一身的浩然正气
为了祖国母亲的安宁
甘守寂寞，扎根边陲
把金色年华
献给了绿色的军营

你不忘初心，牢记使命
时刻用雷锋精神武装自己
胸前的一枚枚金色
那是生命书写的辉煌

春　风

让人纠结了许久的雨

终于停了。暖融融的阳光倾情洒下

路旁望春花、白玉兰、樱花

闪耀着春天的喜庆

这么美好的日子

最适合踏青去

回到丛林中去

回到田野中去

回到春潮滚滚般

齿轮般转动中去

你看：那未入牛圈的老牛

在老槐树下咀嚼春天

春天真的来了

阵阵暖风吹过悄悄解冻的湖泊

也吹进我心中的河流

水流注入干涸的稻田

开始繁衍波纹

虽说有点冷，但并不妨碍

经历生活风浪的人们

遇　见

太阳遇见了雨，雨用它的清凉

平复了周围的躁动

大地，焕然一新

我遇见了它们，心境

随着雨滴的跳动，渐趋明朗

美妙的邂逅，虽短暂，却难忘

太阳雨架起的彩虹桥

闪着七彩的光芒

我遇见了高山，河流，花朵

光与影包裹着的柳庄和你

四目相对，时光，仿佛在那一刻静止

影子相依

诉说着引力的和谐

大手遇见小手，十指相扣

"因缘而聚，因情而暖"

在八百里瓯江的源头

见证了日落与月升，月光

吻过了每个人的额头

这十年

秋风吹拂浮世，往事
如梦如幻
留不住的光阴，是不枯的流水
青葱渐渐消逝的白，让我
有了更多年轮推算的措辞

这十年，性情被时光磨得
没有了棱角，而被岁月吻过的额头
如梯田般层层堆高，偶尔
松动的臼齿，不再是缺钙的骨头

双亲的离世，一道难以逾越的坎
我一直用时间去修补，十年了
依旧痛在心头。欣慰的是
两棵树苗般成长的孙女孙子

此刻，他们在画月亮、星星和墨竹
夜空下的墨竹，虽谈不上淡远秀劲
但叶细如柳，横向斜生，极富动态
而我用了大半辈子
却画不出自己精彩的人生

冬天的一个午后

气温回升，阳光暖和
宜晒棉被、衣物、干粮
还宜晒懒惰、肉身

阳台里赤胸裸背地晒
谁走漏了风声？鸟儿飞在栏杆上偷笑
附近一定还有其他的眼睛

把阳光请进客厅
把钙请进骨头
把暗疹请出皮外
把担心的多余部分卸下
任冬阳把春天抬来

如果此时有别的声音
应该是北方冰山传来的断裂声
如果此时谁在蠢蠢欲动
定然是岸边的腊梅

除 夕

家家户户窗前的灯火
先于除夕夜抵达
为了这一刻，忙里忙外
将一年的幸福摆得满满，盛得满满
只等儿孙们举杯，祝愿

孙女抬起那张稚嫩的笑脸
爷爷奶奶甜蜜地叫着，喊着
让一切的劳累，都在
这一刻烟消云散

过了这一刻，就是新年
望着他们满怀喜悦
——儿时过年的记忆
又浮现在眼前……

夜，如期而至
窗外千万灯光烟火闪烁
年味浓烈，我把新年的祝福
化作一首涌上心头的诗词

桃花渐欲迷人眼

春日，白云布满天空
天空便低矮了许多
暖湿的空气
有泥土的芬芳和花香入鼻

放眼远眺，村西坡地
烂漫桃花次第开
随着一起盛开的
还有一垄垄金黄的油菜花

迈过村口的小桥流水
路上嫩草盖过脚印
蝴蝶飞舞，花瓣落肩
桃花渐欲迷人眼

旧年杂草丛生的西山
何时面貌换新颜？
只有那条斜穿竹林的小路
从童年一直延伸至今

月光，白过霜花

树上落完蝉鸣后的秋天
楼宇上的月亮，那是
秋夜的洁静

忙碌了一天，在秋天的夜空下
散上几步，非常惬意
那月光冷冷地撒在桥梁上，白过霜花
而桥下水中的月光，犹如
镜子般明亮

此刻白色的光芒
丰盈了我的想象，也助长了
我这个游子的思乡之情
月，真的是故乡的圆吗？

午夜徐徐的晚风
我相信它是水做的梳子
滑过我被月光洗白的头发
和黝黑的臂膀……

鲜花和陶罐

春雷敲击黑洞，雨水
汲空而来
种子生命的倔强，日夜裂变不息
那口泥土涅槃的陶罐
在这万物苏醒的春
并不孤独

时光缓慢而有序，时令
总会让春天变得生机勃勃
清晨，阳光鸟鸣，蜜蜂蝴蝶轻落花丛
圆滑的陶罐
滋生出最美的风景

一双手掬出生活里的暖
一盆美丽的鲜花，把春光擦亮
风中多情的花枝
带着娇滴滴的热情，奔向你
也奔向我

党　旗

——庆祝建党一百周年

鲜艳的党旗
在蓝天下迎风招展
镰刀、锤头、金黄色的党徽
这耀眼的元素
开辟出中国历史的新纪元

我们翻开一部部史书
三大起义，十四年抗战——
决心，智慧，拯救的大比拼
那沉甸甸的文字，记载着
流金岁月中艰苦卓绝的奋斗

鲜艳的党旗，指引着中国革命
从黑暗走向光明
新中国的诞生，崛起
从贫穷落后，逐渐走向富强

这历史沧桑不能忘
我们面对高高飘扬的党旗敬礼
沿着党旗指引的方向继续前进……

清　晨

这个时节的鸟声
沾满露水，让早起的人
听见身体里的雨季

推开第一扇窗，鸟声里
昨夜的月光仍未散尽
再推开第二扇窗，鸟声
已在第一缕阳光之上飞翔

那半山依次升起的云雾
它们爬上天穹，否打听到了雨时？
但不管是阴，是晴
皆是我们的内心

那些凌空于花草枝头上
寻觅的小精灵，多像江湖中
小小的我，在岁月里奔波
历练着人间烟火

黄昏的船

时光。总在不经意间
从你我身边悄悄流过
黄昏近
夕阳开着金色的花

陆续回港的船只
越来越近
渔歌晚唱，我听到了
渔家妹子的欢笑声

码头上的天空
掉下最后几滴鸟鸣
结束了
乡亲们一天的劳作

黄昏的船，停在台阶两旁
偶尔和江水说上几句
只有风
才听懂它们的叙述

寂静的码头

当，夜落下帷幕
带刀的风，在四处游荡
日常喧嚣的码头，没有了镭射
歌声和观众，以及步行的人

我无比爱着那轮明月
今夜被谁藏了身？漆黑的夜
唯有悄悄走入江中的寺塔
照亮了无声的船只，浮标与纤绳
并彼此默默对视着

让我迷惑不解的
是藏着多么多纤细花语的瓯江
也沉默不语，仿佛在等待
被一声春雷唤醒

岸柳把手伸向夜空，也伸向江中
岸上草木和我一样，静静地
舔着伤疤，自我疗伤

时光的大手

瞬间收走了半山腰的日落，天空
便低矮下了许多

随着落日的隐去
鹭鸟收拢翅膀，蝉闭鼓鸣
江水越陷越深，礁石
在水的按摩里沉睡

一些陈旧的事物，被夜幕吞没
但黑暗深处，又涌动新生
只是夜掩盖了一切自然界循环的迹象
唯有月亮，在轮回中粉墨登场

温水，抹去我一天的疲惫
可月光这枚冷箭
又插入了 我的胸口，在每一个
不眠的夜晚隐隐作痛

远去的足音

挂在屋檐下的水滴，仿佛
垂吊在寒冬阳光下的冰凌
或夜空中的星子

这陌生又熟悉的街巷
曾是成片的百年纯手工艺饰品店
街边，春有桃李，冬有梅雪——
绽放着繁荣与昌盛。儿时
父亲无数次带我走过

矮房尚在，木门依旧
不同的是过去的车水马龙，老店名店
还有那些无端较量——如今
——退出了历史的舞台

打开那扇木门，夜已朦胧
老街就像一个酣睡的老人，此刻
只见一个白发长须的老者
云朵般飘出了街口，却忍不住
回头看了又看

他像我远去的父亲，忽然不见了
——远去的足音
萦绕于耳久久回响

五月榴花似火

春雨流过夏天
一树树燃烧着的火焰
映红了虚空
丰盈了初夏的脸面

阳光抽走潮湿，芳香不尽
"你艳丽而不妖冶
高雅，却不乏温情……"
像一个红衣女孩
在轻风中翩翩起舞

今日，我隔着一帘烟雨眺望
你在想念谁的堆积：还是
遗落在红尘的绝恋？
你毅然，决然，盛开在
春夏交接的五月

棋盘山

几片落叶，在风中翻飞
寻觅梦的出口
这个冬天的寒冷，需要
一场雪的柔情……

大自然的眼光
正在描述冬天的风姿绰约
那一块巨石，深情地
仰望，夕阳西沉

江水越陷越深
华严塔亮起了灯光
我听见，崇仁寺内钟声悠远
木鱼游出尘世

在古堰画乡

一个诗画的地名，让这个江南古镇
多了一份浓郁的色彩

在古亭古街，我看见
古玩古货在"丝绸之路"上复活
古埠头上，我还遇见了南北朝
运瓷器的船只，和一群放排的人
并彼此微笑示意

八百里瓯江，涛涛江水
在楚辞时空里穿越
游船嘹亮的鸣笛，只对往返于
通济古堰的人
用一两个简单的旧词

跃上岸边顶楼，望江而痴
今生吃下一条锦鲤，来世定会变成
一条游在江中的鱼，燥热的阳光下
一位学生模样的女子

正把一艘帆船拖进画框，请来蓝天
也招安春水。而古樟老人却摇着巨扇
安抚着南来北往的匆匆过客……

九龙湿地

在这里
必须以瓯江上游姓氏的
视角去触及

比如这山水，流水般健美
主色调的绿，庇护着
沿江两岸居民的安居乐业

这 16.86 平方千米湖泊浅滩
水与树的默契，动物与自然的和谐
辅以蓝天白云，相映成趣

入林道，听鸟鸣，趟浅溪，观游鱼……
置身这溪流的宽宏和湿地的璀璨
能轻易让我打开心灵之窗

徜徉这旖旎的风光
我的脚步要
轻些，再轻些
怕惊扰了
那一对对戏水的鸳鸯

小 年

过了腊八是小年，我已经适应了
玻璃上的雕花。每年去擦洗
窗外的梅花就开了

新挂灯笼，像燃烧云朵，擦亮夜空
幸福从四面包抄，心里开始挂念儿孙

春联在铁门上涂满了新年喜庆
一桌子好饭和米酒的醇香，是期盼
浓浓幸福的味道

幸　福

橘红色的夕阳
落下，赠灿烂的白天
一个结句

夜幕之锤，敲击着草木鱼虫
沙沙的树叶声，衬出秋月的寒凉
在枝叶间洒下一地斑斓

书桌之上
一本被打开的散文集
文字，如无数的蝼蚁
在我的眼前晃动

十五个月，牙牙学语的孙子
他眼里盛着湖的明亮
爷爷，爷爷捧来一副老花镜
咯咯笑着跑开了

此刻，窗外漫过橘子的叫卖声
转眼又见他拥上一个
金灿灿夕阳般暖人的橘子……

暗　涌

启窗凝望，浓雾锁秋晨
群山走失，密雨斜盖
目光出不了城

失色的天空中
相信阳光火热——
就像我内心涌动着的渴望
不能突破，也突破不了
人生的层层浮云

午后，瓯江风平浪静
江面平缓的不能再平缓
水下急流暗涌
沙子翻滚于低洼，水草柔细
石头的脸变小变长

夜静暗流，时光无形
我的思念无形
在心底飞扬……

熟悉的路口

千百次的来回穿梭
只因古树围绕，廊桥当道的故土
和爹娘的等待

可从 2014 年开始，每一次回归
站在熟悉的路口
没有喊出，即便喊出
也再没有回音——心底
泪已成行

村庄没变，土地也没变
变的是时代，是朝流
人少了，楼房空了
不见了鸡飞狗跳猪跑
溪流也变小了

唯有那空旷的村口
红色的招牌
在阳光下熠熠生辉……

元宵，龙泉石马看龙灯

从几十米的长廊中，请出
一坛坛醇香的米酒
沿着一条火树银花的村道，浩浩荡荡
护送至村口的龙王庙
信男善女们，抢得
一根扎酒坛的红头绳，期盼
早得贵子

今夜，700 年的乡村
捡起全省 26 个春节文化特色地区之一
和莫言祖居地的两张名片
在一盏盏彩灯照耀下
一场丰盛的民俗文化大餐，在石马
如火如荼地进行着——

今夜，50 多米长的布龙
和着锣鼓唢呐声，在一盆盆松明火
点起的闪亮的礼炮的相迎中
绕着全村缓缓游动
绽放的烟花，忽暗忽明的天空
与龙灯构成一幅幅乡村
绚丽的图画

今夜，翘首仰望的人群

在一片喜悦的欢呼里，登门贺喜

吃果子，分酒，品酒，喜笑颜开

看评书，吟诗词，猜灯谜

与农耕，繁衍和心愿有关

祈求风调雨顺，岁岁平安

失语的天空

寻遍夜空，我没有看见一片白云
渡过头顶，天空也有情绪失控的时候

有一些说隐藏就隐藏，藏起一些
我们不容易忘记的事物
有一些，隐入浩瀚的天幕
人们的视线之外

我喜欢一些泛着光的
瞬间穿过纽扣，消失
或穿过枝丫漏成草地上朵朵细花
或者在寒冷的夜，白过霜花的样子……

春风，吹起我心中的暖流

春风，不再冷眼观看

世间冷暖沉浮

穿过山川河流，吹起我心中的暖流

也化解我心底的严寒

春风唤醒沉睡已久的大地

唤出鸟鸣，催生种子萌芽

和花朵的绽放

也正因为一缕缕春风的抵达

驱散阴霾，幻化成雨

洗去陈旧，滋润着初春的萧瑟

陇上的梅花，坡上的

望春花次第而开

江南，便鲜活起来

夜登棋盘山

山高于水，云高于山
眷恋高于星空

月色潮湿，暗香浮动
几只低飞的鸟儿
今夜，又去了哪里

山野寂静
身后的崇仁寺，灯光隐约
而我正把一颗心
掰成两半

一半去寺里诵经
一半留在山上，等你

窗 台

一轮艳阳升起，贫血的春天

有了暖色调

轻轻打开一扇窗，阳光

已铺满窗台

你看，鸟雀正在暖阳下

整饰着羽毛，查检身体

海棠花，在春风里摇曳——

窗外，雁儿划过蓝天

眼神少了些惊恐和忧伤

泪水浇灌的二月已翻篇

一些雪花压着路口的枝蔓

渐渐被上头的刀剪去

塞满口腔里的雪，开始融化

这棵得了病的大树，长出了新芽

应该开的花也开了

只要我抬头

花瓣就会从枝头落下来

第二辑 时间是流水的红颜

一个禅静如水的秋

秋乘着一叶小舟
从夏尾中缓缓行驶而来

一个禅静如水的秋
它不像春的妩媚，夏的火热，冬的含蓄
那清远的深美，流露恰到好处
我偷偷望它一眼
便忘记了归途

我也是秋山丛中的一片叶
纵然如秋叶般会凋零，却不是终结
而是对来生的寄托

父爱无声

那时候。哥哥已经辍学
父亲心中有一个愿望
不说，我也能够猜得出来

我每晚挑灯夜读
身后的他，总是静静地坐着
有时喝口茶，抽几口烟
偶尔也会伸长脖子偷偷看一下
却从不打扰我

我知道。每次和他
目光相遇
不仅仅是对我的期待
更多的是鼓励与爱流淌

——宁愿把他的身体
累成一副弓，一把犁铧
也要拼着老命去多做一些事
只为我能挺起小小的身板
不再走他的老路

当遇到不顺，他的目光
会变得像冬天里的一把火，暖了
就将淡淡的忧伤遗忘

横溪韵味

清晨的薄雾
朦胧了凤阳山下的山村
朦胧了瞭望的视野
朦胧成一幅水墨的山水画

五百多年袅绕的炊烟依然
沉静了万载的青山不改
柏杉，柳杉，松树
高大而茂盛，站在村前屋后
庇护徽宗朝宰相何执中后裔的生息

村庄之上
山高林密，风光奇绝
抬脚，可漫步云端
伸手，可触摸天空
甚至还可放牧奔跑在天际的羊群

——旷野与天空，渐渐豁亮
东山顶上的晨曦和弯月
射出村庄的神韵
闪动成早春祈福的目光

坐在江边等春来

我坐在江边很久了
不是我第一个在等春
还有前面的草，身后的树

冬天，即将过去
我需要阵痛的裂变
就像所有的春花、草木
绽放它的美丽，生根和发芽

春天，将变得洋溢而温暖
春光越深
大地愈加茂盛，葱绿
我身体里的血液，春水般
流动得更快一些

春暖花开，蜂鸣蝶舞
鸟儿悠扬婉转的歌声
羞红了怀春女子的脸庞

枫叶正红时

在时光里张望
蔚蓝的天空下，视野
格外的宽远

我看见霜染秋叶红
那片领略岁月磨砺的，动了一下
又动了一下

枫叶鲜艳如火，渲染着
生命耀眼的色彩

依 然

五月，轻扬的风
掀起树叶一片哗然，林荫处
许多鸟鸣落了下来

耀眼的石榴花啊！
染红了谁心中的思念？

告诉我，隔着难以跨越的灯火
能否淡忘曾经？时间的远方
爱情的花朵是否依然

生命中的雨

一场雨的倾情落下
山川河流村庄，一幅水墨画

生命中的雨，跳动的音符
鲜花推杯换盏，在脉搏里的复活
萎缩，得以伸展

——只要雨不横行肆虐，醉的
不止是草木花朵
还有热血生命的飞扬

途经童年

当，晚风吹来故乡泥土的芬芳
记忆，便在脑海里跳出

在那熟悉又陌生的乡村
一起读书放牛的儿时伙伴
仿佛一切并未走远

江湖闯荡几十年，蓦然回首
已白发苍苍，成败，瞬间释然
最值得怀念：是童年

时间的脚步

奔走的脚步，来不及留恋
也无暇顾及沿途风景
几番烟雨迷蒙，几番草木枯荣
——串起行走如风的四季
在时间的脚步里，我们
从幼稚到成熟，从冲动到沉着——
人生的每一个阶段，都蕴含着成长
或衰老的足迹
岁月，在容颜的不经意间
刻下道道痕迹——
梅花绕指柔，冬雪以蔓延的欲念
穿行，山花烂漫的春
站在新的年头眺望
倾泻而下的阳光，一片静好
穿梭于两点一线的生活
——已近不惑之年
责任和义务，驱使我不停地奔跑在
人生的旅途上，不忘初心
在光阴荏苒中，踏踏实实
走好人生的每一步

我是枝头上的一滴水

我是枝头上的一滴水

吊垂在山谷深处

宛如一颗晶莹剔透的水珠

当一缕阳光

唤醒了我沉睡的身体

便落入静静流淌的溪水中，与之交融

开始了我的旅行

奔驰在期待的远方

舞动着激情，却不慌张，不迷茫

因为我知道

最美的风景在路上

不同的道路总有不同的惊喜

伴随着溪流的丰满或消瘦

唱着一路丰盈的歌

在仲春的三月

穿越祖国广阔的大地上

哪怕是深深浅浅的沟壑

去悄悄唤醒沉睡的大地

浇灌那一株株干枯的幼苗

或者，或者

投入到江河奔涌的波涛

飞溅起洁白的浪花

推动着远航的风帆

时间是流水的红颜

几十年的光阴，就在弹指间流逝

无论怎样去挽留

清风一样拂面而过

翻开一段光阴的素笺

想用最浓的墨描写青春

选最合适的词语，记录

昔日青涩的容颜已不在

掬一捧月色，在静夜，在旷野

沉醉于流年的轻风拂面里

聆听，远方

穿越时空的呼唤

脚　印

折叠的年轮
留下深深浅浅的脚印
记录着人生的风风雨雨
铭刻着深深的记忆

每一个抹不去的足迹
都珍藏着种种感情——
一个个，一串串，一片片
都是一段段历史的见证

幸福的脚印是快乐，痛苦是凌乱
仇恨，悲愤则是沉重

成吉思汗想征服欧亚，横跨半球
留下"一代天骄"的脚印
秦始皇穷兵黩武
修筑长城留下震惊世界的足迹

往昔的峥嵘岁月，起伏的臂膀
充满了酸甜与苦辣
诗意的白云，飘过门前的花径
把现在的苦尽甘来紧握掌心

走进一场雨

风在演奏
哀伤，不知何时才痊愈
衣角悬挂水滴
像泪，像夜的苍茫
目光，落在了花朵的脸上
影子里，我试图
挖出寂寞
交给我的仰望

一次旅行
背负跌跌撞撞的孤单
那是谁？在乌云下，潜入
又一场泥泞

水晶，卡在梦里的窗花

童年里的记忆

冬日的故乡，北风凛冽

树木，野草和精灵们

——俯首称臣

惨白的月光洒落大地

把露水孵化成雪的晶莹

挂在屋檐下的冰凌，形状长短不一

守望阳光，水滴成弦

弹奏世间美妙——

水晶，卡在梦里的窗花

千姿百态，栩栩如生

折射出无数的景物

有的像红梅朵朵，妖艳绽放

温暖着漫漫长夜

诗和远方

一条从梦中滋生出的小路
时而宽，时而窄，时而蜿蜒曲折
无限地延伸——

远方那一抹深蓝
心中那一片海——
我所庆幸梦里也有执着
生活不止眼前的苟且
还有诗和远方
纵使前方有太多的不确定
遵从自己的内心
坚持自己的初衷
流年的期许，装饰的梦
诗与远方的田野
我一直追随在你们的路上

小城烟雨

如一枚四五月未熟透的青果
小城蹲在梅雨里

雨，滴滴答答下着
柔了鸟翅，软了蝉膜
我把整个身躯交给了雨
听雨，赏雨，沐雨

青衫，旗袍
都飘浮在烟雨的小巷中
将自己安放在幽深处
一朵莲独自盛开
——青砖绿瓦，与台阶上的青苔
又绿了一分

大地是一棵绿色的大树
小城这枚青果，等待着阳光普照——
雨声里，受惊的黄叶
纷纷落了下来……

致白衣天使

你们从四面八方赶来
告别故土，告别家园，告别亲人
逆向而行，奔赴疫区

一场你死我活的战役，避无可避
是你们用朴实无华，用医风医德
用坚持与隐忍，逆光而行
竖起生与死之间的屏障
扼住病魔气焰的嚣张
与病患者共同抵抗

生死攸关的危难时刻
总有你们的身影，用血肉之躯
把病魔挡在自己面前
用无私的大爱，充当守护神
谱写出新时代最美的赞歌

此刻，再多的语言
无法表达我的心情
你们一定会战胜困难，驱斩病魔
人间最美的白衣天使们：向你们致敬！
我们等待你们凯旋

阳春三月

一声两声三声

许许多多的鸡鸣，啼醒了黎明

早起的村妇，在一片晨曦的光晕中

点亮日子

炊烟云雾，纠缠不休

满目春风，长满了乡村

桃花、油菜花，在风的翅膀里绽放

鸟儿歌唱中与花朵对白

青草，已盖过小路的脚印

新鲜的空气，温暖的朝阳

既安抚春困，也能杀菌

人们在复工复产中，回到

原先的岗位上

选择留下的，为了秋收的丰盈

纷纷种下期盼

沉　浮

踩着铺满小路的秋叶

按捺不住的思绪，重重地

叩击着心扉

岁月深浅，人生沉浮

那些迷失无眠，泪干心痛

无法修补的日子

——流过心头

再上向阳九姑山，仿佛

昨日花开鸟鸣，云卷云舒

半遮半掩半浮现的千万风情，依旧

不再是云雾散尽，叶落归根

枝头消瘦的惆怅

人生就像一次旅行

每向前一步，脚下的沉浮

在时光的流逝中，唯有

看淡名利，追逐初心……

四月，心里的留白

繁花开满四月的指尖
在每一片玫瑰的花瓣中
写满了馨香的絮语

镶嵌在绿色方寸中的油桐花
和留白的天空
丰盈了我们仰望的时光
悠长了
鸟儿歌鸣的深情

艺术家笔下的画
洒脱、奔涌、超凡、空灵
寥寥数笔，丹青于宣纸上
给读者驰骋想象

——开启生活的另一扇窗
让阳光住进心里

看龙舟竞赛，忆屈原

八百里瓯江龙泉段
一条条彩舟，龙坐镇，旗飞扬
锣鼓呐喊声，响起一片

龙舟竞渡，飞速滑翔
哗哗的水声，仿佛
有汨罗江传来的涛声
奔流不息的江水，流不走
你怀恨而去的忧伤

年年龙舟竞渡，渡不回
你抱石下沉的灵魂
反复吟咏的《离骚》与《天问》
五月初五的这一天
更不会忘诵一曲《怀沙》

游走大街小巷的菖蒲
像一把把愤怒之剑，斩妖除魔
一株株艾草，挂满思念的泪水与诗香
撕开粽叶，抚摸千年
喝雄黄酒以避疫，便顺理成章

茉莉花开

踏着清风步履

深情向我走来的你

素洁，浓郁，清芳，迷人

千万花朵中的素净的一朵

白的亲切，紫的成熟

和着风在月光下轻轻摇摆

淡雅质朴，君子般品行

你是上天的恩赐，我一生的青睐

这么多年

你是我最美的遇见

就像遇到心仪，遇见爱情

让我怦然心动……

掬一捧月光里的芳香，静静地

拭去昨日的忧伤

借一朵花开的时间，放飞心灵

煤的渴望

我是一块沉睡了亿万年
掩埋地下的岩石
早被抹去绿色的盛装，母亲
已认不出我的模样

亲爱的矿工哟！
请用你粗糙的手，凿开我封闭的坟头
带我走出崇山峻岭，回到
燃烧发光的故乡吧

肌肤黝黑，毫不起眼的我
只有在燃烧中涅槃
才能激发我火红的理想
和渴望的闪光

乌黑而坚硬的我
没有挺拔的身姿，美丽的容颜
却有一颗滚烫的心
能与空气隔绝，高温高压

可以粉身碎骨
可以迸出雷鸣闪电，在炉火中
熔化我的忧愁

那一片飘落在窗台的秋叶

阳光温暖着秋窗

飘落在窗台的红叶，像花像火

像鲜艳的旗帜

远处，那漫山遍野的红叶

饱经风雨的洗礼，时光的磨砺

酷似黎明前的灯火，夕阳下的晚霞

将秋天的生命，点燃

枝头的鲜艳，是信仰与境界的高度

还是走过季节积累的沉淀

生命阅历的成熟?

蓝天，白云，宽阔的原野

风吹过，那些蜷缩的

还在奋力展翼……

念你如诗

守一轮明月

采一缕华光，照亮纸笔

我怀着一份眷恋

轻轻和你叙说

若今生无缘再聚

愿我在轻淡的笔迹里

把我对你所有的牵念

浓缩在一首诗词，等着你

等着你

踏着歌曲美妙的旋律

走进诗里，相逢

听 雪

时光吞噬着蓝色光泽
云朵，静走无痕
面对分娩的天空
落叶空隙中腾出的飞鸟
祝辞里呈现出白色的冷

隔年的雪，绝美而舞
舞的比花还轻
光亮与眼神对接，刺痛了
麻痹的神经
带着闪亮的回忆
直奔童年

雪在地上，光滑无棱
脚印
咯咯吱吱地发音
雪，在阳光里堆积梦想
欲想撞开春天的大门

独　舞

春节后，亲人们去了别的城市
客厅，硕大的空间
所有的新老物件
——仰卧或平躺着

随风潜入的夜
我在一张洁白的纸上
越走越远……

时间的眼睛

从白天到黑夜，时间
在其中滚动

乌云密布，闪电突起
犹如黑夜宣告白天的过去
云朵酿出的泪水，汩汩地流

傍晚，望着满天的繁星与月光
一种模糊的惆怅
在我的心中愈演愈烈

汗珠在睫毛上闪亮
时间的眼睛
述说着它的身世

穿越的记忆

不曾遗忘的童年

发黄的老照中

牵扯出久远的历史

故乡廊桥，陈家祠堂，河边走廊

雨声，读书声

无法回首的

——拨动着暮年的心弦

童年的成长

那些未曾丢失的，散落在脑海里的

如电影镜头——呈现

砍柴，拔草，放牛，吃野菜

真实地

在穿越记忆的路上

蛰 伏

何时蛰伏

脊髓的神经中

已无法考证

潜伏多年的带状疱疹

在一个阳光明媚的午后

像春天的蕨菜破土而出

它在我光滑的皮肤上引以为荣

因人们给了它一个响亮的名字

缠腰飞龙

时不时，用毒爪穿刺肉身

每一根神经

挑战着

忍受的极限

冰封的记忆

北风袭来，我茫然中止步
乱风中的枯枝断落声，在九姑山的
山谷里回响

目光与霜花碰撞
扩大数十倍的寒光，在记忆里扩散
那些触目惊心的，耀眼的白色光芒
在儿时故土的纯净世界里，和小伙伴们
把霜当雪，把冰当棒——

踏进水田的冰面上
心跳的断裂声，总能激起挑战的欲望
大人们的警告声，穿透
腊月的天空

山上，突然浓雾聚集
黑压压的一片朝我压过来
我猛然折返
一只山鸡从我面前的草丛中惊飞
吓出我一身的冷汗

——大寒将近
离春天还远吗

爱，潜伏于你的心

岁月，在时光里安然前行
一缕缕春风掀开的绿，包裹
春天浓浓的深情

春雨润物无声
让大地绿意盎然，焕发蓬勃生机
就像你一个温馨的微笑，一个深情的回眸
无须言语，却抵过
千万句有口无心

你，总把我的冷暖
记在心间
不唠叨不埋怨不谴责
只有偶尔的提醒，或许
早已提前做好了准备

爱与被爱，你选择微笑作答
在人生的旅途中，继续默默履行着
妻子和母亲的角色

腊 月

时光，于宠辱不惊中飘然而行
阳光游移灿然，腊月
便多了一份祥和的精致

炉灶敞开的胸膛，在一丛火苗中
跳跃而起，五谷相约的沸腾
流淌出红豆、花生、干果、红枣的香甜
喝一碗腊八粥，传递着
悠悠腊八的浓情

寒冬没说完的故事，渴望
亲近成悠长的思念
蕴蓄着一年心血的腊梅
终将被一席柔雪，唤醒
怒放在百花之首

腊月，是一曲古老的歌谣
吟唱着忙碌，红火和喜悦
把严冬雾浓的日子擦亮
把华夏的年味，烹浓

回家过年

一声遥远的呼唤
正如一声汽笛的长鸣
荡起多少游子心中的
涟漪与归心

扬起的帆，张开的翅
就像集结的候鸟大迁徙
不管是风的呼啸，雨的淅沥
或大雪纷飞，一样
穿越千山万水

家，不是一个温暖的符号
是心中的根，幸福的港湾，血脉相连的居所
心灵的栖息地
一年一次的大团聚
融入了无数亲情——

路边的红梅，门前的灯火
一双双盼望的目光
回家过年，回家过年
踏在日夜思念的土地上，喜悦
化作一首首涌上心头的诗词

回　家

心里想着，就要
踏上回家的路，心头的雪
融化了

装着悠悠的乡思
在涌动的人潮中前行
记忆里，母亲那褶皱的脸庞
是儿女心中最美
灿烂的面容

回家，牵起千万游子的心
散发着无尽的相思
所谓途中的劳累，转换成
轻盈的脚步，离家
越来越近……

娘

廊桥古树围绕的村口
时常站着我的娘
空旷的视野，拉长了
她凝望的目光

每一次返乡
都能看见熟悉的身影
儿子远远地喊一声娘，娘便踏着
细碎的步履，笑脸相迎

如今物是人非事事休
空荡荡的路口，眼眶再也
裹不住淌下的泪行

情人节的夜晚

江边。多了一些携手散步
和乘船游江的情侣

大桥上的音乐
在七点半准时响起
美丽的人造瀑布，飘飘洒洒
近看，水花向我扑面而来
又离我远去

远听，像浪涛涌上岸滩的响声
又像一阵阵的风吹过树林
和一曲永远唱不完的情歌

农民工

美丽的乡村还没有醒来
人们还沉醉在节日喜庆
城市的上空
又响起汽笛的催促声

担当和责任的驱使
农民工们，再一次背起行囊
开始了漂泊的旅程
带着父母的嘱咐，妻子的叮咛
背负着一家老小的企盼
淹没在春运的大潮中……

他们，走着重复走过的路
粗糙的双手，坚实的肩膀
拾起一个又一个小小梦想
扛着家庭的重托与希望
汗水揉搓的绳索，滴答
滴答，从黑红的脸膛滑落

谁能想象，打工者的艰辛
他们把异乡当作故乡，默默地
奉献着自己的青春和热量

黄昏的船

打工的滋味甘苦自知
捧起朝阳，搓洗月光
从纵横交错的掌纹里，计算
幸福的距离

蛛 网

这是一个值得探讨的话题
蜘蛛，在窗前屋后拉起长长线引
从几个或者更多的支点开始
再慢慢回到轴心
缜密的心机，柔软的黏线
一圈一圈地编，从无形到有形
织成精美的图案，风景
没有参照八卦计算的含义
只为了生存捕获自投罗网的虫蝇
蛛网编成后，在另一端静静等待
等待一场又一场垂死挣扎的场景
绝大多数难逃命运的悲哀
透过茫茫夜色的联想
我不知道弱肉强食的世界
那些精心设置的陷阱里
有谁能冲破一张张被迷惑的网
又有谁成了命中的劫

与一朵花对视

静坐在夜的怀里，聆听音乐
养精蓄锐。不知何时
月光带着海棠爬上了墙

打开一扇隔开世俗之窗
我和海棠默默对视
探究一些我们内心相似的
纹路和思想，谁也没说出
只是彼此微笑着——

这漫长的夜，等待太久的花瓣
最终难以包裹心事
于是，小心翼翼绽放
枝头的一朵朵嫣红，摇曳着
寂寞与忧伤

诗是直立行走的风

自从你诞生以来

历经几千年的岁月

积淀了丰厚的文化底蕴

你虽说历史悠久

生命却永远年轻

与青春同脉搏，同含义

你是一种形象意象，独创的言语

你比其他文学更精美，隽永的语言

你来自于生活，独特的风采

从唐诗到宋词

平仄荡起扬帆的双桨

在雷电风雨中远航

今天，你作为文学的灵魂

已渗入到各种文字形式之中

造就了艺术美的境界

诗，你是直立行走的风

没有谁能阻止你的航程

穿越不同的国度，刷新每个黑夜与黎明

当红叶遇到书香

相约黄昏后的时光

微凉的秋风拂过窗前，溜进书房

我凭一个读书郎的冲动

启开王石讲述人生风雨的"道路与梦想"

那沉甸甸的文字

回顾了万科 20 年的成长故事

我就像钻进书的丛林

文字，似乎林间的一棵棵常青树

闪烁着哲理的光华

引领我向更深处走去

当年夹进书页的红叶

润了书香，也渗透了叶脉的金黄

淡化了枯燥，陶冶了读者

捧起厚厚的书页

犹如徜徉在枫林尽染的秋韵中

心，随着红叶飘落的舞动

去捡拾文学细微的精华

去感受人生绚烂的记忆

美了相思的秋夜和黎明

夏　至

一道闪电，紧挨着雷的吆喝
穿过浙南大地
又是一阵疾风骤雨降临
掀起山水一片涟漪

那飞翅高于河流的柳枝
在暴风雨的淫威下，称臣俯首
长满苔藓的瓦檐
被一群蝉噪和鸟鸣洗白

雨停，太阳铺张，转折南移
把蝉鸣拉进热风，把日子的鼓点
镶入葵花，装进莲蓬
以及那些渴望饱满的果实

循声望去，荷塘蛙声四溢
睡莲坐起，夕阳的余辉下
把脸描的比女人的红唇
还要鲜红

一只晚归的蜂鸟，在花朵前
扇动着月色的芳香

寄一片雪花给你

红梅开在百花首

又见红梅绕指柔的冬季

你说：那一抹朱砂似的心，温润双眸

等待着一同去欣赏

还有漫天飞雪的温情

而我，困在了江南的烟雨中

所有枝头结满冬天的果实

冰凌，误了你的一片盛情

时光飞逝，又到了火热的盛夏

在喷薄而发的躁动里

蓝天与白云撞出的流火

在身体中发酵，扩张的毛孔

缓缓流淌出思念的小溪

用有形的颜色和感动联想

发自心底的依恋

寄一片雪花给你

落在你浅蓝色的梦里

伴你一夏清凉

与一朵冰凌花相望

当，最后一道晚霞滑落西山
夜幕渐渐降临古城墙
急于与一朵花相望

冰凌花，用坚韧不拔的毅力
扯下巫婆的谎言，追逐着梦想
拨开层层冰雪，把根扎
忍着寒冷的剧痛发芽
安抚着黑土地的苍凉与寂寞

抹去眼角的泪花，朵朵鹅黄
开在山崖，夜风撕不开
你释放能量的胸膛
堪称林海雪莲的你
覆盖了一片片雪的浮华

可与岭上腊梅相媲美的你
赶走北方黑夜的惆怅
暖了寒冬的心房

爱，在岁月里沉香

采一缕冬日的暖阳
让我缠绵了许久，心事
沉淀于朦胧飞雪的诗意中
放一首甜蜜歌曲，让爱的清泉
注入心田

岁月里的那道曾经熟悉的风景
似乎只隔着一张纸的距离
此刻，我心底又荡起了爱的涟漪
那就用笔墨记下
别让季节的风，吹瘦了相思

走过春夏秋冬
也历经了爱的生死轮回
只为人生相偕的温暖
就让你我的爱，丰盈彼此的心
滋润生命的美好

如果，不忍时光失去爱的呵护
就用包容和忍让铺成温柔的章节
在那三生石上刻下夙愿
任由爱的阳光倾泻一地的妩媚

——缠绵中取暖

种下一枚爱的思念
要用真情去呵护，爱心去滋养
在夜里发芽，梦里花开
用爱抚慰心灵深处的绵长
爱，会在岁月里静静地酝酿沉香

截一段夕阳的暖，留给寒夜

细听那风声，就能辨别出
季节交替的旋律

此刻的窗外，夕阳
在枝叶间游走，那交错的光影
如同岁月的痕迹
让人感叹时光的荏苒

在夕阳的金辉里
我高昂地仰望着天空——
截取一段夕阳的暖，留给寒夜
留给晚归的人们
和常常失眠的自己

空山上的野菊

空山上的小路旁
它们犹如无数童年时的我们
面带含笑，无惧风雪
在寒风中翩跹起舞

灿烂的花瓣，金子般的心
抚慰着天空的苍白
也治愈了空山的荒凉

它们顶着风霜
昂首于蓝天白云，摘取暖阳
为绚烂的生命而倔强着……

池塘边上遇寒梅

阴雨连绵不断，恰巧
今日黄昏放晴
一个人，一条路
我携一缕夕阳前行

一棵尚未开的寒梅，静静地
伫立在池塘边
我突然想起北宋诗人
林逋的诗句，"疏影横斜水深浅
暗香浮动月黄昏"
我持一颗敬畏之心
远远地看着——

此刻，寒风凛冽，刺骨
我以一棵寒梅的姿势，默默地
站在光阴里，感受她
遇寒的磨砺和她的风骨

积攒了半冬能量的寒梅
枝头的星星点点，犹如一堆篝火
悄悄地燃烧开来……

麻　雀

与某日黄昏的短暂聚集
它们叽叽喳喳，犹如
我们的家族聚会

它们飞向高空的眺望
或下地行走，都是一种生存的本能
或一种必修课

风餐，露宿，不怕风雪
在田野，晒谷场，碾米厂
抢食的精英

袅袅炊烟里，它们一起醒来
一起觅食，一起归巢，屋檐下
彼此相伴一生

二月天

晨曦问候大地之前
燕子，已站在
电线上梳理羽毛

变化无常的二月天，日子
时寒时暖，落叶乔木
有的还未曾苏醒
唯有白玉兰，樱花，山茶花——
喜悦地在春风里绽放，蜜蜂
抢在访客前到来

二月，春阳热烈不失婉约
小雨淋漓而不失柔美
面对流水般的光阴，我无暇顾及
仰望，或与一朵花对视

小 草

饱尝酷热与严寒
发黄，枯萎，甚至死亡
依旧接受岁月的洗礼

顽强是你的个性，却又
遵从命运的安排
甘于寂寞，与平凡为伍

只要春风一吹，又从贫瘠中醒来
返青，是渴望生存的动力
犹如我从疫情的痛苦中站起

你用绿色的情怀，背负起
点亮广袤大地的责任
——撑起一片荒芜的天空

妍　暖

料峭春寒，不仅裹在风中
也刻在冷峻的石头
与森冷的月光上
白鹭斑鸠隐身树丛，犹如
鱼儿隐入水底，河水隐藏波纹

有人试图催开紧闭的春花
这是无意义之举
花朵自设虚掩的门，打开或闭合
都在它的意念之间

你坐在三月的门槛
瞭望一棵柳树的忐忑不安
幸及惊蛰后逐渐妍暖
明亮的光芒不仅来自天空投射
也在你眼眸中缓缓升起……

夜　歌

夜色抽走了残阳

偕着她的女人，走向天幕

大地静了下来

银河滑出的明亮，锁住了

一双多情的眼眸

绕过山河的往事，浮在岁月枝头

期待的睫毛，被风吹起

有些时光，总也绕不过去

比如窗外的石榴花，盛开的玫瑰

如血般明艳，深刻

奔赴于深夜的脊梁

穿透所有的记忆

确认过的眼神，被某种呼唤牵引

许你一生的柔情，一首

唱不厌的歌

瑞　雪

这个冬天，还有一些章节没写完
比如瑞雪，一场盈盈的盛宴
赐予这江南的夜

这黑夜里的梦幻神奇，从未停歇过
直到我望见一种白和另一种白之间
纠缠得难分难解
我真想成为其中的一朵

那样的柔软，洁白，熟悉又陌生
红尘中的索颜，覆盖了
大地所有的荒芜
无边的辽阔，装不下
我狭窄的眼睛

——喜鹊登梅，烟花烂漫
我想过不了多久
就会捎来春的消息

相　信

秋意，败给了北上的风
冬天的足迹在辽阔的
大地上蔓延——

夜渐冷，隐藏于心的牵挂
在这一刻泛起思念的涟漪
我想写一封信
快递于远方的你

随洁白纸张的铺开
和落下的笔，你的音容
笑貌，宛如旧年
呈现在我坚定的眼眸

——多年以后，倘若
纷飞的雪，它成了
眉间滚落的一滴泪，我依然
相信缘分，相信真情

霜　叶

在清冽的空气中
你收拢一季的花事
又在月光下
借一片霜雪的酝酿
覆盖过往——

沉淀后的翻卷，或飞翔
极速取出火的燃烧，蔓延
——宛如舞台上的
深情谢幕

故土，永远的思念

午夜的风，省略了
往日所有的语言
柔情地带着淡淡的桂花香
漫卷在城南江畔

望着如水的月光
记忆，不用打开
古村落，旧房子，幽幽的碎石小径
袅袅的炊烟……
已在我脑际轮翻闪现

隐藏在微笑背后的泪水，犹如
枝叶下垂吊的露珠
只要思念的风，轻轻划过
便会无声地滚落

在静寂且失眠的深夜
我曾一次次梳理人生
虽说我们都是尘世的匆匆过客
但对一个游子而言
故土，是永不磨灭的思念

金秋，躲进一阕词里闻桂香

反常的秋，把江南

拖进闷热，多晴少雨

草木

陷入枯萎

然，一个昼夜温差的转换

如同上帝打翻了调色盘

银杏白杨，老树枫林，五彩斑斓

枫叶，红过檵木的一生

姗姗来迟的桂花

让季节见到了欣喜

在钢筋水泥城市游弋的我

多想躲进一阕词里闻桂香

抚慰那颗苍桑的流离

秋　野

寒风拂过千山
秋天即将过去。站在秋的路口
我用心去触摸秋，将落叶
纷飞般的岁月，夹进书笺

秋野经过季节的转换，展示着
秋的成熟与丰盈
我抬头望天，云朵轻拂
它的聚散离合，犹如我们分分合合
人生不管是行走，或灵魂远行
"只有看透四季冷暖，才会
读懂生命的厚重"

秋天是真实的，秋叶
从不回避凋零
我也不去问落叶归根，万物
自有它的归属

此时此刻，我只想让自己脚步慢下来
赏秋山，也忆过往——
人生最美是在每一次别离时
都能读懂"珍惜"这两个字

隐　忍

酷热下的植物卷起叶片
悄悄隐藏，也是成长
进程中的一种策略

我们在茫茫人海中，若想
出人头地
就必须学会隐忍
如思而进取，谋大事的人
时刻反刍人生
避其锋芒，在期许中
沉淀，打磨自己

等待时机降临
以迅雷不及掩耳之势
把自我
推向成功的顶峰

容我在一朵向日葵里徜徉

我独立江畔的暮色中
在银杏叶散落的黄昏下，探寻
所谓的夏去秋来

秋，在一片金灿灿的稻穗上
红彤彤的树叶中，点亮
在瓜果飘香里走来

今夜，容我在一朵向日葵里徜徉
尤其是月亮突围云朵
月光凉如水的秋夜

徜徉在它的饱满时间之外
在饱满时间之内
——它藏着我一秋的甜

秋　分

对季节变化的敏感
和我的经历息息相关
人生中的历练，或成长
都在我脸上和内心
留下岁月的痕迹

当北风忽闪而来，寒气
洗出蔚蓝
把天空推得更加高远
大地铺开的秋收画卷里
成熟的气息，迎面扑来
让我掩饰不住
心中的喜悦与冲动……

诗意秋分，尽管
我一身清平
但瓜果飘香，稻谷归仓的景象
让我也变得丰盈，富有
苍天，总不负
每一个勤劳的人

留不住月洒海棠

黄昏。海棠花开得正艳
粉红色的花朵，如跳动的火苗
与夕阳遥相呼应

洒在海棠上的月光，只坚持了
半个多小时
冬天的月光，太过单薄
正如阳光下的一缕缕青烟
被风一吹，就散了

鉴于枝蔓的颤抖，花朵
柔软地收紧的花瓣，它懂得
时光暗流涌动，寒流如霜
就像我拗不过
岁月的沧桑，收起锋芒

不管有多少心潮澎湃
它惟有等待——
愿没落的北风，不再施虐
希望再次见到它时，展露出
之前的甜甜笑容

一世情缘

一轮皎洁明月，在东方
也在我心底升起，依然
没有你的信息
不知多少次的打开，或关闭
只为你的一句——

今夜，采一缕华光，照亮纸笔
以文字的形式，追逐着
你的名字前行
携一抹相思的柔情
愿我内心所有的牵念，浓缩成
一首眷恋的诗词

等着你
等着你踏着中秋的月色，走来
一起品读，相逢

石缝中的蒲公英

每一次爬至山顶，早已习惯
坐在一块石头上俯视一座城
就像一只鸟儿
习惯在树的顶端——

安静地观望一片森林
这时候，风吹来一片黄叶
轻轻落在石头旁
一棵结满了种子的蒲公英
置身于悬崖的石缝中

等一个发现
并采摘它的人
等一阵从峭壁把它的种子
带去远方的风

打捞岁月

穿过乡间小路，走进瓯江
赶在日落余晖之前
去打捞起一些岁月的印记

小船划进江水，当江面泛起涟漪
小船晃晃荡荡地与江面对话中
打捞起一些冗长的记忆
在人生风风雨雨的几十年间
有过幸福的快乐，自豪与欣慰
也有失望的悲伤，绝望的痛苦

时光匆匆，人生如梦如幻
曾经身边多少亲人和朋友
悄然远离我们而去……
走过千山万水，赏过无数的风景
留下的是
更多的执着与期盼

如今，在苍老的容颜面前
已经找不到青涩年华的痕迹
期盼有一天，等我老了，走不动了
回想起昔日走过的沧桑岁月
自己曾经努力过，拼搏过
依然觉得人生无悔，足矣

那片至白至纯的雪花

季节的钟声，扣紧了冬天的

思想，一条河流的静默

悄悄鼓动着上升的气流

云朵的聚集，包裹着江北的上空

藏羚羊，野牦牛，野驴……

纷纷走下高原的山坡

唯独，雪豹在山崖瞭望远方

城市的上空，除了几只鸟儿飞过

剩下的是白茫茫的一片

纷飞的雪花，开始从天空飘落下来

那一片片至白至纯的雪花

忽散忽聚，飘飘悠悠，轻轻盈盈

像吹落的蒲公英，小百花

还是像蝴蝶在飞

晶莹剔透的雪花，舞动着各种姿势

或飞翔，或盘旋，或者直接快速坠落

铺满了山川，田野，村庄

装饰的白：如此的耀眼，璀璨，绚丽

晶莹的美：有着生命的空灵，有着脉脉含情的绽放

有着纯真的心灵与洁白

九九重阳菊花黄

仰望长天看雁归
又是一年一度重阳来
低眉思，故人在天涯
我那可怜的爹娘哟！
过早地躺在故土的后山——
回忆痛苦难当，思念纠纠缠缠
心语寄情字千行

走过黄昏的河滩小路
一阵阵秋风吹拂起
枫叶红，芦花白，菊花黄
几多情愁几多泪
一盏薄酒催人醉
心碎梦也伤

几千年的沧海桑田
我那故乡的房前屋后的菊花，依旧
素雅坚贞，亭亭玉立，天然清新
我愿是一株淡定清香的菊
栽种自己的心田
浪漫着一年又一年重阳
吐露花蕊，绽放芬芳
以怡养我

清明祭

清明节的路上，乡村

洁白的梨花

戳痛了低垂的天空

挤不出一句话语，唯有

那杜鹃鸟的啼哭声，时远时近

拔去坟前草，扫去落叶

捧上供品，插上簇簇鲜花

点一炷清香

祭祖先，祭亲人，寄哀思

记忆打开，不堪回首的往事

……泪水模糊了双眸

烧纸币，愿先人与已故的亲人

在那头，不再受贫穷

清明节里，不清明

远看天空乌云翻滚，近看

已是细雨纷飞，云的一滴清泪

湿了一路的祭奠人

雨　巷

炊烟爬上云端，暮色
悄悄潜入人间
静幽的雨巷，小窗有灯光溜出
点燃了一支出墙红杏

我漫步狭小、有前世的过往
也有今生的追逐，虚设
一段你我相遇的浪漫时光
梦，不再悲伤凄凉

风轻扬，雨在下
青石板在悠寂中吟唱
清翠，简短，略带忧伤
似乎丁香姑娘在愁唱

雨，落在风声之外
游走的油纸伞
离清明很近
离我很远

等风吹拂

持一份执着
踏着烈日于郊外
我脱去鞋子，为了和土地
紧紧相连

等风吹拂的，何止是花朵草木
还有那一江的流水
虚构的船只，也需压倒性的风
才会配合发声
时机合适，岸边那棵空了心的柳树
也会唱出尘世之歌

夕阳西下，晚霞极美
此时的晚风，像一只巨手抚摩着人间大地
枝叶突然有了活力
像孩子般向我不停地招手，致意

冬　天

无非是秋的斑斓走向飘零

无非是寒风抽打着瘦骨

透过一场场格斗与厮杀，让冰

长出犄角，雪开出六瓣

霜有霜的途径，雪有雪的轨迹

地域气候的不同，修行也不同

南北自不同

冬天，也不止是满眼的枯萎

或残菊败柳

还有傲然挺立的青松

凌寒中盛开的红梅

天地万物，生死同存

中秋有感

明月浮窗，月辉如织

又是一年中秋夜

游子骨子里的乡愁

扯不断，理还乱，涌动的泪水

湿了流淌的年华

镶嵌在窗前的圆月哟！

你圆润，清凉，明亮

多像搁在我妻子梳妆台的镜子

我在你的面前，想过去

寄思念，也反刍人生

浅墨色的夜

阳光于火热，一扇世俗之窗
关闭或开启，变成了
近几个月晨晚的必修课

此刻，窗外浅墨色的夜空
犹如窗前一幅巨大的屏幕
飞机的轰鸣穿越，打破了
这个秋墨夜晚的纯粹

我在孙女的墨纸上，画出了
飞机，月儿，星光
甚至墨竹
画中竹，虽谈不上淡远秀劲

但叶子粗细均衡，横向斜生
极富动态
画月画星画竹，唯独画不出
我自己的人生

叶落归根

满山的秋叶，被一阵阵秋风切割
它们会记得
寒露后的霜浓露重

凡言草木者，终会凋零
此刻梧桐树叶摇曳，诉说离别
它们叶落归根
完成生命的沉淀

而我，乡音未改
常在梦里徜徉——
渴望回归，又该归落何处
城市再大再好
却不是我心灵的栖息地

秋风，一阵紧过一阵
我站在院落，陪着落叶看黄昏
弯腰捡拾起一枚
将岁月镂刻的记忆，珍藏

共此时

夜幕下的城市
被灯火包裹着，寂静的东茶路
多了一道靓丽的风景线

时钟的指针，指向十点
月光穿云而出，像我的思念越窗而去
此时，手机铃声突然响起
邀约走江滨大道
来到瓯江边——壹号码头
几位同学已在等候

小城山水如诗，如画
静寂的江水
在晚风中轻轻荡漾
华严塔，月亮，灯火
悄悄地走进了江河……

而岁月的江河，在回顾中
又一次放电影般呈现
三十多年前的同学友谊
再一次，让我们相聚一起
掬一捧捧江水洒向天空

沁润着友情的升华

不同的人生经历
各自书写着昨天和今天
但在此刻，皓月当空，秋风正雅
我们拥有同样心境
寻找昔日那份纯洁的童真

静夜，轻风拂面而过
时光，在指尖上静静流淌
是谁哼起动听的歌谣—— 天空悬挂的
那一轮明月哦！是你
让我们在静夜里依着你的光
像小时候那样迈步前行……

清明上河图

一幅生活的画卷
一个王朝大都的景象，折射出
人世间的千姿，百态

你看：车水马龙的大街
开店的，摆摊的，舞刀弄枪的
我仿佛听到了响亮的叫卖声，吆喝声
卖货郎"咚咚咚"的小鼓声
俨然像那个卖刀的
在石头上淬出火花

帆船下晃动的河水
托起一座座石拱桥，廊桥
桥头的茶楼，小吃店
忙碌的，懒散地喝着酒
悠闲提着鸟笼的男人
和三三两两，或成群结队
观花看景的女人

感叹一支神笔
把街，景，河，山
描绘得淋漓尽致，大宋王朝
可传诵，却不能复制

听　说

那年，他们漫步沙滩

天空没有期待的雨，只见海鸟

在海面飞来飞去

还看见一尾鱼追着另一尾鱼

宽阔的海岸线

海风吹来涛声和鱼腥味

吹起她那瀑布般的长长秀发

及短短的白纱裙……

后来，听说她辗转去了远方

他等了十五年，人的一生

有多少个十五年？岁月催人老

爱，被无情的光阴搅碎

人生就像浮云朝露

一般匆匆易逝

也不能因为自己爽约

而给别人带去

更多的不幸与悲悯

煤

尚且躺在大地深处

期盼走出地面，还原

原始影像，化作熊熊烈火

成为一种铁证

坚硬而乌黑，没有高贵的身价

没有金子的耀眼

更比不上珍珠的璀璨

却是国之根本和命脉

 我每一次看到，或想起

有一种敬畏情怀，从心中萌生

它在地下湮没万年

默默沉淀为一种追求，燃尽它自己

成为有用的能源

阳光下，多么明亮的乌金

被开采出的

都是修炼了万年的星辰

归　心

西山上的落日

小如未及采摘柿子

如果不是尘世纷飞的毒

它们可晚一些再走

就怕一场无从得知的冬雨

眼睛眍不住

黎明等不到黑夜自然醒

为此义无反顾——再多的补贴

也难阻挡游子的归心

被打上标签的日子

他们仿佛看到了，故乡灯笼高挂

祝福语走上门墙

乡音浓烈，儿童欢欣

爆竹炸响天空——

故土，远在千里之外

透过他们流露的眼神

我知道，他们已经描摹出

父母妻儿欣慰的脸庞

茶

它从唐宋明清中走来
和我布衣一样的身世
经多少轮日月光辉沐浴
才走进采茶女的背箩

继而，被揉搓成粒成条——炒制
或压缩成饼的模样
沸水相邀下的千回百转
它醒了
正如它生前在明前细雨里
活了
带着润泽天下的使命
奉献的
是全部的精华

谁在一幅画里等风

清晨，几缕朝阳

在不经意间穿越山冈

肆意地洒落在我的身上

在这个开满紫色花朵的五月

给人梦幻的联想

浪漫的沉思

静寂的瓯江，静寂的壹号码头

没有一缕风经过，江水

也是静止的

立夏的五月，把蓝天拽入江中

托起两岸一片葱茏

一个手扶栏杆等候的女子

说是在等风

不如说是在等人

大 雪

期待，一场漫天的银白
覆盖雾霾，给大地
穿上洁白的外衣

愿开门片片洒人脸
花开人间，天地同色
诉说它的启示"绚烂于素，
繁华于简，喧嚣于静"

抬眼望山，玉肌凝香
眼望脚，脚下一片柔情
在想象中感受冬天的豪迈
气节的诗情，画意

心语在舞台上彩排
脚步嗖嗖的风声，回到童年
澄澈的心境……

秋分后的故乡

泥墙黛瓦，轻烟薄雾

风袅袅水迢迢，秋深微寒

草木未凋。喇叭花爬上篱笆

秋风晃起了枝叶，摇曳

幽深的石巷，村弄

被收进水墨画中的江南

桂子飘香

火红的柿子挂满秋天

静寂的田野，从金色中溢出

布谷声。那是秋收的号角

秋的高度香甜

落叶知秋

一抹凉风，一场秋雨
凋零飞舞的叶片，在风雨里来来去去
人生浮华，也不过如此

当摇摇欲坠飘落的瞬间
我已感受叶子的轻叹……
抚摸你那枯黄的容颜，丈量你脉络的长
总想为你写一首浅薄的诗行

深沉的夜幕，朦胧的月色，伴着一阵阵秋风的凉意
远方一轮残月，目送夕阳的余辉远远地坠落
挂在树梢上的几颗星星，闪着微弱的光
在晚风中若隐若现。

静静的秋分夜，日夜一样的长
我站在窗前点燃一支香烟，回想起那曾流逝的岁月
在那青涩的记忆里，有过像鲜花憧憬着甘美的果实
像煤核怀抱着热能得不到释放

飘落的叶啊！你的生命经过春天的悸动
夏天的热烈，走向了秋天的成熟
当你随风而逝时，是岁月的痕迹，还是哀悼逝去的年华

你落地似血，把秋染成了悲壮的残红

落叶知秋，风扯紧了弦
坐在秋里沉思，我逐渐让心平静
在月凉如水的秋夜，放一段温暖的歌曲
让往事成殇，任思绪安然，任红尘过往。

婉转悠扬的歌声和月色一起融入我的心底
牵引着我那颗曾无处安放的心
在不敢有太多奢望的梦境中
等待黎明来临吧

织 夜

风中飘飞的秋叶啊

寻觅着一方静土

把美丽和伤痛

一起还给美丽的大地

河水折射着星星哟

仿佛诉说着故事的千丝万缕

沁了满怀

我似乎听到了你的心音

淌入涓涓细语

走向月亮

是你逼近我潮湿的目光

渐近的呼吸

穿过时光隧道

踏夜而来

星光颤动着

渴望着，面对夜色弥漫

你独自而立

在月的欲滴和光的色泽里

没有妩媚舞动

只是静静看着星月

今夜
你心内的思念
淋湿了谁的背影
夜莺子也停止了鸣叫
躲在诗歌里
静静地织夜

想念一场雪

有些爱，已被岁月揉碎

另一些在梳理中被唤醒

十多年前的冬日

乡村那一场止不住的大雪

从昏暗的空中飘落下来

山川，田野，村庄

霎时间成了洁白的世界

因为想念，不停地在记忆深处放大

——留恋在那个冬天雪地的时光里

目光，在怀孕的天空中纠结

哦！天空的小精灵

如今还能再一次和你邂逅吗？

要我怎样

才能使你从高空飘落下来；

才能使你的洁白羽翼在纷飞中闪烁着光芒

在你跳着轻盈舞步的细节里

——背烂一首唐诗宋词

为了想念一场雪

我在时光的潮水中漂泊

孤寂的寒冷浸透每一根骨头

只有雪花，献给红梅闪亮的吻和冬天的歌谣

在雪铺满辽阔，山也缥缈的爱里

喜鹊行走的路线，在雪地与枝头之间

想象可以咀嚼一枚果实

——直到枯枝也逐渐丰满

雪花旋转的思念

我的忧伤却深陷其中不能自拔

愿被晶莹的白雪深深掩埋

——冰冻成一只欲飞的蝴蝶

风

窗外的海棠笑了，就知道你到来
我推窗迎你，你虽无语
却送来清香与抚慰
我记下这份情怀

你从森林的树木缝隙中
穿越而来。春天的你
吹绿了大江南北，拂醒了冰冻的江河
也激活了我向往美的欲望

穿越时空不知疲倦的你
给我春夏惆怅释怀，也给我秋冬恍惚而清醒
我从你及你们中间穿过
赠予我新鲜和清新

不管你柔情与怒吼，还是温暖或寒冷
都是你的秉性。鞭挞腐旧，爱抚青嫩
无形，却能拂走满天星辰
渺小，却能撼动大海

在石榴红似火的五月
我站在你无声的包围中
静静地聆听
我内心深处的声音

千帆已过

午闲。独倚窗前望山
季节已更替
大地失去青葱，变了模样

秋风起，秋雨凉
——夏季没人能留住
芦白，杏黄，枫红
丹桂枝头酿花香

秋风送来一枚红叶
我想抓住，它竟随风而去
惊飞的鸟儿，喊回了
我远去的目光

瓯江码头，千帆已过
皆不是，落叶逐流水
——中年壮志，仍未酬

麦芒的指向

一阵阵夏风吹来，梯田
掀起金色的浪涛
这浩荡的麦浪，比大海的波涛
比群山的松涛还要壮观
铺进无边的云
融入黄昏的彩霞

我静静地站在几许金黄里
随着风吹来的暖意——
闭上眼，似乎听到大地的呼唤
和嗅到丰收的喜悦

不管这麦芒指向何方
这一茬茬的麦子
长成对联上金色的文字

146

川流不息的河流

午夜。草尖上灵动的风
唤起我对窗外河流的
所有记忆

儿时那川流不息的河水
如涨潮的钱塘江水，漫过堤岸
人们放排，运瓷，淘米洗衣……
那忙碌的景象，仿佛昨日
却又成为了历史

如今清澈的河流
倒映着岁月的痕迹
虽依旧流淌不息，只是它的吟唱
含蓄了许多

风儿为你轻轻吹

郊外。云起云落
风儿为你轻轻吹，也为
你的蓝鸟送上天

你快乐地跑着，笑着
仿佛一只快乐无忧的小鸟
站在树荫下的亲人
叮咛着，瞭望着——

风儿为你轻轻吹
像极了妈妈的手，温柔地
抚摸着你那，能盛的下
一池春水的小酒涡

金色的夕阳下
风儿为你轻轻吹
屋檐下的风铃，已奏响……

致逝去的青春

准备向青春挥手告别时
没有想到的是自己已踏入
人生知天命

曾经，朝阳从操场的后山升起
便是我青春的放飞
当左脚迈出，右脚跟抬起
口号已响彻训练场上空

一身戎装，穿的是庄严
头上顶着的
是责任和使命

青春，如天空云影般掠过
——转身去读，不得不承认
青春像一本童年的书

小 满

站在时节的路口
放眼望去，山水丰腴
石榴花开半夏

先于我抵达的晨曦
伸长了温暖之手
捧出一颗颗草木之心

走在路上那个
怀揣时令的农夫，一口气
说出了二十四个节气

小满未满，小麦正灌浆
即将垂吊成天边一弯
徐徐上升的新月

暖风吹拂大地，野菜长
荒郊野外
皆粮仓

三月的心事

我怀着一颗悸动的心
挽着春风，踏着潮湿
从山顶看日出，午后享暖阳
直到暮色里看月上柳梢头

积攒了一个冬天的春，厚积薄发
几许零落的枯叶，覆盖不住
春芽的昂扬与花的绽放
春光越深，大地愈加茂盛葱绿
住在我身体里的春天
血液，也变的活跃

幻想楼台亭阁和爱人轻拥
十指紧扣在小径上漫步——
任凭三月的心事
在草长莺飞里徜徉

人生，以影子的姿态生存

生活不是走秀，而是
一种控制生命欲望的常态
人生，以影子的姿态生存

阳光的正反面，从来
不是旧用的词
谁也分不清，道不明
一辈子有多长
奔走在人生的旅途中：
我们在日出而作日落而息中
寻求着生存的真谛与意义

在风雨人生的道路上
恐惧，挫折，磨难，并行相随
值得庆幸的是，在坎坷的岁月里
未曾丢掉自己

中秋的夜晚

深蓝色天空，悬挂着
像一枚熟透的果子
与小时候的记忆，相符

倚窗而望，月光下的中秋夜
和平常月圆之夜没有什么不同
不同的是此刻的心境
月色撩人，心便有所感触
但所有的心事被月光看穿，被晚风解读

在这盛大凉薄的夜空下
我能做的，只有拥抱所有的
月满与残缺

七一，走进革命老区住溪

几百米石板铺设的街道
历经金戈铁马的峥嵘。沿街青瓦老房
墙上的弹孔，烽火岁月的见证

政府旧址，红军学堂
红色记忆馆里的先烈事迹
无不令人震撼——

回顾九十多年历史航程
从一条红船驶出南湖，到一个政党的诞生与发展
腥风血雨中前进，涅槃中重生
记载着无数中国共产党人的英勇善战
和祖国的历史变迁

我们不忘初心，牢记使命
弘扬革命老区精神
为实现中华民族伟大复兴
而努力去奋斗

清明，祭奠烈士的英灵

清明。春风拂出一树树梨花的白
怀着对先烈的无限哀思和敬意
迈进革命烈士陵园

在庄严肃穆的革命烈士纪念碑前
我们默哀，献花，鞠躬
缅怀先烈们的丰功伟绩和祭奠烈士的英灵

为了人民的解放战争
老一辈革命家们，前仆后继
舍生忘死去战斗，在弹雨枪林中
倒下或站起，他们用鲜血和生命
铸就了伟大的革命精神

烽火浙西南，英雄辈出
多少有名的、无名的烈士
永远躺在了陵园的松林间
我哽咽着读碑文，两行清泪洒衣襟

春风浩荡，梨花雨飞慰英魂
忆过去，缅先烈，展未来
任重而道远，让我们在党的领导下
迎着改革开放的春风，为建设具有中国
特色的社会主义而努力奋斗

走进烈士纪念馆

大幅面的英雄墙上
一位位豪杰气势若虹，仿佛在说：
　"头可断，血可流，敌人面前不低头"

一件件实物，一段段文字
述说着那段可歌可泣的峥嵘岁月
为了人民的解放
华夏大地，涌现出一批
又一批共产党人

他们，在前进的道路上
无所畏惧，生死与共
挑战一切困难险阻
蘸血磨刀斩敌寇⋯⋯

先烈和老一辈革命家的战斗足迹
谱写了解放 "浙西南" 的新篇章

远方的你

时间像沙漏
不紧不慢，不停不息
一晃，便是数年

自从遇见，你就是我诗的远方
虽不完美，不尽人意
但记忆却很美好

即使流年里不再相遇
你，依然是我心中最美的风景
一曲《放不下的牵挂》
常在手机的两端，响起

缘分的空间，像一块河边的空地
我们共同种下的——爱
即便是秋冬季，也有蔓延的趋势

惬　意

太阳露出脸，天空
就扔下一片明亮。整个清晨
鸟鸣裹在丝丝的秋风里

一只松鼠，趴在树枝上休息
阳光，从松针缝隙中漏下
它是那样平静，悠闲，惬意
接受秋风和晨阳的洗礼

我也静静地站在大树下
它似乎知道我的存在，却没有
因为我这个陌生客人受惊扰
而是看了我一眼，继续晨睡
它梦见松果，或梦见另一半

就在不远的松树上。而我不行
我要去做应该做的事情
转身瞬间，我听到身后树上
发出了叫声，叽叽，叽叽——

回眸，只见它抬起右前脚掌
向我挥了一下，两下，三下
仿佛正和一个老朋友告别